THE MONSTER

HADAKERU
KAIBUTSU
OGERETSU TANAKA
PRESENTS

EXPOSED

2

HISTOIRE

Hayashida et Shûna. Une relation purement sexuelle au premier abord.

Shûna apprend que Hayashida frappait autrefois son ex-petit ami, mais malgré ces révélations, il décide de ne pas mettre fin à sa relation avec lui.

Peu après, Shûna est muté à Osaka pour son travail, obligeant les deux garçons à entamer une relation à distance.

Un soir, alors que Shûna est sorti boire un verre, il rencontre le patron d'un bar du nom de Yumi.
Ce dernier n'est autre que le garçon visible sur la photo accrochée en permanence dans la chambre de Hayashida...

PERDONNAGES

Yumi

Patron d'un bar à Osaka.
Rencontre Shûna totalement par hasard.
C'est lui le garçon visible sur la photo accrochée dans la chambre de Hayashida.

Hayashida

Regard perfide et langage châtié.
Ses oreilles portent encore les marques des boucles qu'il portait dans sa jeunesse.
Il frappait son ancien petit ami.

Shûna

Jeune fonctionnaire sociable et sympathique.
Beau garçon, il n'a jamais connu que des relations amoureuses superficielles et sans lendemain.

SOMMAIRE

The Monster Exposed

Chapitre 7	5
Chapitre 8	37
Chapitre 9	73
Dernier chapitre	123
The Monster Untied	157
Histoire supplémentaire	
Au quotidien	165
Sketchs	169

THE
MONSTER
EXPOSED

CHAPITRE 7

PLIC
PLIC
...
YUMI... C'EST LE GARÇON QUI EST SUR SON MUR,
J'EN SUIS SÛR.
POURQUOI J'ATTACHE AUTANT D'IMPORTANCE À CETTE PHOTO, D'ABORD ?
...
JE RÉFLÉCHIS TROP.
FROTTE
FROTTE
HAA...
FORCÉMENT, VU SON EMPLACEMENT, ON PEUT PAS LA RATER.

GOUPT
VRRR
VRRR
VRRR
VRRR
HAYASHIDA
Appel en cours
ALLÔ ?
JE PRENDS DES DORAYAKI.
HEIN ? ET ?
T'AS UNE PRÉFÉRENCE ? PÂTE DE HARICOTS ? Y A FROMAGE, AUSSI.
HEIN ? AH...
C'EST TOI QUI LES MANGES,
ALORS POURQUOI TU DEMANDES ?
JE T'AI RIEN RAMENÉ, L'AUTRE FOIS.
T'ES LONG À LA DÉTENTE. HA HA.
JE T'ENVOIE UN PAQUET. DU COUP ?
EUH... FROMAGE, ALORS.
SÉRIEUX ? JE M'EN DOUTAIS. OK.
J'AIME CE QUI EST INHABITUEL.
ÇA RISQUE DE PRENDRE DU TEMPS, PAR CONTRE.
À PLUS.
CLAC
HEIN ?

DES DORAYAKI ?
DEPUIS QUAND IL PENSE À DES SOUVENIRS ?
VRAIMENT BIZARRE, PARFOIS.
C'EST MARRANT, QUAND MÊME.
TENEZ, VOTRE VERRE !
VOUS VENEZ PLUS SOUVENT QUE WADA EN CE MOMENT !

AH OUI ?
J'AIME BIEN L'ENDROIT, C'EST TOUT, HA HA HA...
VRAIMENT ? MERCI BEAUCOUP !
OUI. JE CROIS QUE JE ME SENS BIEN, ICI.
C'EST GENTIL ! AH, YUMI NE DEVRAIT PLUS TARDER, JE PENSE.
...
GLOUP
C'EST LUI, OBLIGÉ, IL LUI RESSEMBLE TROP.
JE DOIS LUI POSER LA QUESTION DIRECTEMENT.
POURTANT, JE NE FAIS RIEN, COMME WADA.
JE FOUS QUOI ?
SÉRIEUX, JE VIENS PLUS SOUVENT QUE WADA ?
AH, SHÔNA, TU ES LÀ ?
AAH !! EUH... OUI !
T'AS EU PEUR ?
Rires
Ha Ha

JE SAUTE LE PAS, AUJOURD'HUI !
Y A DU CHEVAL AU MENU, T'EN VEUX ?
OUI, MERCI.
SHÛNA...
SHÛNA, ÇA VA ?
QUOI ?!
ENFIN RÉVEILLÉ ?
JE... JE ME SUIS ENDORMI ?!
EN EFFET !
PA... PARDON.
SOURIRE
C'EST SI PATHÉTIQUE !
TU RENTRES ? JE FERME.
OUI, JE VAIS PRENDRE UN TAXI.
JE TE L'APPELLE.
MERCI.
VOILÀ OÙ ÇA MÈNE DE TERGIVERSER.
ET PUIS MERDE...
AH,
HM ?

TU N'ÉTAIS PAS AU LYCÉE AVEC HAYASHIDA PAR HASARD ?
HAYASHIDA ? COMMENT TU SAIS ÇA ?
À CAUSE D'UNE PHOTO COLLÉE DANS SA CHAMBRE.
UNE PHOTO ?
TU ES DÉJÀ ALLÉ CHEZ LUI ?
OUI.

ON BOSSE DANS LA MÊME BOÎTE, IL EST JUSTE PLUS ANCIEN QUE MOI.
...
J'AI ÉTÉ MUTÉ ICI APRÈS AVOIR ÉTÉ EMBAUCHÉ.
OUI, ON ÉTAIT AU LYCÉE ENSEMBLE.
HA HA, JE LE SAVAIS. C'ÉTAIT UN VRAI VOYOU, PAS VRAI ?
HA HA, OUI... NOTRE LYCÉE ÉTAIT PLUTÔT MAL FAMÉ
ET IL AIMAIT BIEN SE FAIRE REMARQUER.
AVEC SON REGARD DE TUEUR, HEIN ?
OUI ...
VOILÀ ! IL EFFRAIE ENCORE TOUT LE MONDE ?
UN PEU,
MAIS C'EST QUELQU'UN DE CONFIANCE.

FINALEMENT, YUMI M'A TOUT AVOUÉ
SANS LA MOINDRE RETENUE.
J'IGNORE POUR-QUOI,
MAIS JE LES IMAGINE PARFAITEMENT ENSEMBLE.
HAYASHIDA EST QUELQU'UN D'INTROVERTI,
MAIS JE SUIS SÛR QU'IL ARRIVAIT...
À DISCUTER À CŒUR OUVERT AVEC LUI
POUR SE SOULAGER DE SES PEINES...
INTÉRIEURES.

DORAYAKI
...
IL L'A VRAIMENT FAIT.
NEUF À LA PÂTE DE HARICOTS ET UN AU FROMAGE.
IL EST SÉRIEUX ? UN SEUL ?
DIX DORAYAKI JUSTE POUR MOI... ÇA FAIT BEAUCOUP.
...
ÇA LUI RESSEMBLE BIEN.

POURQUOI DES DOYARAKI ?
...
UNE BOUTIQUE A OUVERT JUSTE À CÔTÉ DE LA BOÎTE.
ÇA A PAS MAL DE SUCCÈS DANS LE QUARTIER.
OK, MAIS DIX... ÇA M'A TUÉ.
J'AI VU SUR LE NET QU'IL Y AVAIT UN DÉLAI DE DEUX MOIS.
T'AS VÉRIFIÉ ?
TON TRAIN EST À QUELLE HEURE, DEMAIN ?
JE PRENDS LE PREMIER !
AH BON ?
OUI !
GNIIK
J'AURAIS PAS CRU QUE DES SOUVENIRS T'OBSÉDERAIENT.
TU M'AS RIEN OFFERT POUR MON DÉMÉNAGEMENT, JE TE SIGNALE.

FALLAIT QUE TU ME LE RAPPEL-LES...
OK, J'AVOUE, MAIS BON...
Allez, quoi.
Arrête.
TU PEUX ENCORE.
QUOI ?
OK !
Hop
EN FAIT, J'AIMERAIS TE VOIR FAIRE UN TRUC.
RON
RON
IL A QUOI ?
QUOI ?
ÉJACULER COMME UNE FEMME FONTAINE ♥
IL PARAÎT QUE C'EST POSSIBLE, MÊME POUR LES HOMMES ! JE ME SUIS RENSEIGNÉ.
TU T'ES... RENSEIGNÉ ?
J'AI RÉFLÉCHI À DES TRUCS QUE TU N'AVAIS SANS DOUTE JAMAIS FAITS
ET J'AI PENSÉ À ÇA DANS LE TRAIN.
CHEZ MOI ?!
T'EN FAIS PAS,
JE M'OCCUPE DE TOUT NETTOYER APRÈS ! PAS D'INQUIÉTUDE !
SOURIRE
...
GLOUPS

POUR SCHÉMATISER GROSSIÈREMENT, C'EST UN PEU COMME SI ON URINAIT EN FAISANT L'AMOUR.
HÉ HÉ
JE SUIS SÛR QUE ÇA TE RENDRAIT SEXY À MORT.
TU M'AS L'AIR PLUTÔT CHAUD.
REGARD MAUVAIS
ON DIRAIT UN PUCEAU SUREXCITÉ.
HEIN ?
TU M'AS DIT QUE TU FERAIS N'IMPORTE QUOI, NON ?
TAP TAP
ATTENDS, DANS TOUTE CETTE HISTOIRE,
C'EST À TOI DE FAIRE EN SORTE QUE J'Y ARRIVE, NON ?
HM ?
GOUIT
COM... COMPRIS, CHEF.

MÊME SI JE NE SUIS QU'UN PUCEAU.
SLURP
HMPF ...
HM...
HAA...
...
HM.
SLURP
SMACK
HM...
HM ?
FROTTE
HAA ...
HMM ...
HAA ...
HM ...
SLURP
HM ...
HMM ...
SLURP
SHÛNA...
SHÛNA ...
TU...

HAA...
SOIS
PATIENT.
SLURP
HM...
HMM...
HM...
HM...
HAA...
FLAP
HM...
WHAM
HM...
SHÛNA, TU VEUX TE SOULAGER AVANT ?
NON, C'EST BON.
MAIS JE VEUX BIEN TE PRENDRE, PAR CONTRE.
AT-TENDS...
MOUIM
HA HA, T'ES DÉJÀ TOUT DÉGOULINANT.
BRRR
BRRR
ÇA FAIT UN BAIL.
TOI AUSSI, TU DEVAIS ÊTRE MORT DE FAIM POUR ME DEMANDER DE VENIR COMME ÇA.
FROTTE
FROTTE
AAAH...
AH...
MÊME SI J'AI SAUTÉ DANS LE PREMIER TRAIN APRÈS TON APPEL.
GNIP

HAA …
HM ?
AH …
EN FAIT…
SLURP
SLURP
FROTTE
FROTTE
TU PEUX TE METTRE SUR LE VENTRE.
HM…
BOBOM
BOBOM
HM… …
GOUTT
AH
C'EST BON, TAIS-TOI UN PEU.
HA HA…
ALORS DIS-MOI CE QUE TU FAISAIS TOUT SEUL EN PENSANT À MOI.
HIC
HIC
JE… JE…
HM …♥
AAAH, J'AVAIS TROP ENVIE.
AAH …
AAH … AH …

AH ...
GOUIT
AH ...
AH ! ♥
ZOUIIP
HAA ...
ZOUIIP ♥
BLORTCH
AAH ...
OUI ...
HIC
AAH... PAS... MAINTENANT ...
BLORTCH
AH !
PLITCH
PLOTCH
HIC
HM ... ♥
AH ...
BLORTCH
BLORTCH
JE... M'EN RAPPELLE... PLUS...
PLITCH
BLORTCH
BLORTCH
AH OUI ?
GNIIC
FERME-LA...
UN PEU...
HEIN ?
HM ?
OO
HAA ...
BLORTCH
BLORTCH

HAA...
HA HA...
CONCENTRE-TOI UN PEU, TU VEUX ?
TU AS RAISON... PARDON...
HAA...
HAA...
HAA...

AH !
GOUTT
HMM
AH …
HM ♥
GOUTT
AAAH AH…
TAP
AH …
AH !
TAP
AH !
TAP
TAP
HAA … ♥
HM …
BLORTCH
PLITCH
HIC
PLITCH
HIC
AAAH !! ♥
AH !
AAH !! ♥
SCHMOUIIM
AAAAAH … JE… JE… ♥
JE JOU… ♥
SLURRRP
HIC
AAAH … AH !
HIC

AAAH ... ♥
HAA ... ♥
HIC
HAA ...
HAA ...
HIC
HIC
HMPF ...
HIC
TREMBLE
TREMBLE
HAA ...
HAA...
HAA...
HAA...
HOO...
AAAH ... AH ...
HM ? QU'EST-CE QU'IL Y A ?
SMACK
HMPF ...
HM
GOUIT
GOUIT
SCHPLOF
SCHPLOF
?
FIOUH

HAA…
AAAH …
AH …
AH …
AH …
HAA…
HIC
HM …
HIC
HM … ♥
FROTTE
FROTTE
BLORTCH
PLIC
PLOC
AH … ♥
HM …
BRRR
HM …
HM …
AAAH …
HIC
HIC
VACILLE…
SHÛNA…
REGARDE …
ÇA… ÇA VIENT…
HEIN ? QUOI DONC ?
MOUIM

PSCHIIIH
HM ...
AAAH ...
HK
AAH ...
AAH ...
AAH !
PLITCH
PSCHIIIH
HEIN ?
HAA !
HAA...
AAAH ...
HAA...
HAA...
SHU ...
...
HAA...
SHU ... NA ...

SCHPLITCH
OOOH ...
...
HAA...
HAA...
HA HA...
HAA...
EH BEN... C'EST BIEN SORTI.
PFIOU...
HAA...
OUI, JE VOIS ÇA.
AH...
DÉSOLÉ, JE T'EN AI MIS UN PEU.
HAA...
PAS QU'UN PEU !! T'AS FAIT EXPRÈS, AVOUE !!
MAIS NON. EN FAIT, JE VOULAIS VISER TON VISAGE, MAIS JE ME SUIS RETENU.
AH, TU VOIS, QUAND TU VEUX, TU PEUX !
ATTENDS, TU L'AS DÉJÀ FAIT SEUL ?!

AAAH, TAIS-TOI. C'ÉTAIT POUR ESSAYER.
GLOUB
GLOUB
GLOUB
PFOUHAAA...
HAA...
BON,
ON REMET ÇA.
PRÊT ?
VACILLE
PLITCH

TU AURAIS PEUT-ÊTRE DÛ ACHETER UNE BOUTEILLE DE DEUX LITRES.
TU ME PRENDS POUR UNE FONTAINE ?
TU PEUX LE FAIRE !

TU N'AVAIS PAS BESOIN DE TE LEVER, TU SAIS ?
C'est bon, ça.
HEIN ?
JE POUVAIS PAS DORMIR ALORS QUE TU NETTOYAIS TOUT.
MIAM
IL FAIT JOUR À CINQ HEURES.
COMMENT TU PEUX DORMIR DANS CES DRAPS ?
JE VOULAIS LES LAVER, MAIS TU REFUSAIS DE BOUGER TON GROS CUL !
RÉPÈTE ÇA ET T'ES MORT !
PA... PARDON, MAIS RANGE TA CHAMBRE DE TEMPS EN TEMPS.
JE SAIS, C'EST PAS TON TRUC, MAIS QUAND MÊME.
HM...
C'EST POUR ÇA QUE TU LA LAISSES COLLÉE AU MUR COMME ÇA,
CETTE PHOTO ?

POURQUOI TU NE VAS PAS LE TROUVER...
POUR AVOIR UNE CONVERSATION FRANCHE AVEC LUI ?
JE SAIS PAS POURQUOI VOUS VOUS ÊTES SÉPARÉS, MAIS S'IL Y A UN TRUC QUI TE BLOQUE ENCORE,
TU FERAIS MIEUX DE CREVER L'ABCÈS.
ARRÊTE DE T'ACCROCHER À TON PASSÉ COMME ÇA.
TAP
AVANT QU'ON SORTE ENSEMBLE, JE T'AVAIS DIT QUE ÇA NE ME REGARDAIT PAS.

ET C'EST CE QUE TU PENSES, PAS VRAI ?
QUE ÇA NE ME REGARDE PAS.
NON.

DU TOUT.
C'EST JUSTE QUE... TU COMPRENDRAIS PAS.
ET SURTOUT,
TU N'EN AS PAS BESOIN.
EN TOUT CAS, UNE CHOSE EST SÛRE, C'EST QUE JE POURRAI JAMAIS ALLER LUI PARLER.

T'AS RAISON.
JE COM-PRENDS PAS.
SHÛNA ...
SMACK
!!
QU'EST-CE QUE TU FOUS ?
TU AVAIS L'AIR TRISTE.
C'EST JUSTE POUR TE RENDRE LE SOURIRE ♥
HAA...
HAYA-SHIDA... JE...
...
SOURIRE
JE M'ACHÈTE DES DORAYAKI AVANT DE RENTRER !
C'EST PAS ENCORE OUVERT, À MON AVIS.

THE MONSTER EXPOSED

OGERETSU TANAKA PRESENTS

THE MONSTER EXPOSED

OGERETSU TANAKA PRESENTS

THE MONSTER EXPOSED
CHAPITRE 7
GRAC GRAC
GNIIC
C'EST QUOI CE BRUIT ? TU T'ES CASSÉ LA JAMBE OU QUOI ?
HA HA,
QUAND MÊME PAS, MAIS C'ÉTAIT PAS LOIN !
AH, AU FAIT, SHÛNA, JE SAIS TOUT !
PARDON ?
ALORS COMME ÇA, ON VA BOIRE TOUT SEUL SANS M'AVERTIR ?
COM-MENT ?
AH...
L'EMPLOYÉ DU BAR M'A TOUT DIT, HIER !
OUI, ENFIN, BOIRE SEUL, C'EST UN BIEN GRAND MOT.
ON Y RETOURNE CE SOIR, OK ?
QUOI ?
ALLEZ, PAS D'HISTOIRE ! C'EST DÉCIDÉ !
VOUS...
VOUS ÊTES SÛR ?

THE
MONSTER
EXPOSED
CHAPITRE 8

TU COMPRENDRAIS PAS.
ÇA, JE VEUX BIEN LE CROIRE.
JE PIGERAIS CERTAINEMENT RIEN.
MAIS... COMMENT DIRE ?
ÇA ME FAIT DE LA PEINE AUSSI.
J'AI ENVIE DE TOUT SAVOIR DE LUI.
ON EST DES ADULTES, APRÈS TOUT.
JE DEVRAIS ÊTRE CAPABLE DE GÉRER ÇA.

YUMI NE TRAVAILLE PAS, AUJOURD'HUI ?
SI, MAIS IL EST EN HAUT, JE CROIS QU'IL TÉLÉPHONE.
TU PARLES D'UN PATRON !
OUF...
IL DEVRAIT BIENTÔT DESCENDRE.
VRAIMENT ?
ALLEZ SHÛNA, TU ATTENDS QUOI POUR BOIRE ?
AH, PARDON... MERCI !
CUL SEC !
JE DEVRAIS ARRÊTER DE RÉFLÉCHIR POUR RIEN.
ÇA NE CHANGERA RIEN À LA SITUATION.

AAAAH...
VOUS LUI AVEZ FAIT QUOI, ENCORE ?
AH !
DÉSOLÉ,
LE SAKÉ N'ÉTAIT PEUT-ÊTRE PAS LE MEILLEUR CHOIX.
Aaah... ah...
BURP ...
JE... JE VAIS AUX TOILETTES.
HEUM
ÇA VA ALLER,
TOUT SEUL ?
OUAIS...
C'EST LA PORTE AU FOND.
VACILLE...
JE SAIS.
TAP
HAA...
TAP
TAP
SHIMODA DOIT ÊTRE FURIEUX.
HOP
GNIIIIIC
HAA ...

AH.
DÉ… DÉSOLÉ !!
EUH… C'EST RIEN.
CLAP
…
BON…
GLOUPS
ビクッ
ガチャ
AAAH ?!
ÇA VA ALLER ? LES WC, C'EST AU FOND À DROITE.
ME… MERCI.
PARDON D'AVOIR TARDÉ, SHIMODA ! PENSE À BIEN FERMER LA SALLE DE REPOS, LA PROCHAINE FOIS !
Compris ?
HEIN ?
AH !! PARDON !
Un peu bêta

HM ? AH, T'AS L'AIR D'ALLER MIEUX. YUMI !
LA FORME ?
OUI.
COOL ! TU AS GERBÉ UN BON COUP ?
ÇA VA.
HA HA HA !
TIENS, SHÛNA, UN VERRE D'EAU.
MERCI.
ÇA...
ÇA VA ALLER, SÛR ?
HM ?
AH, OUI OUI, MERCI.
JE ME DISAIS JUSTE QUE...

EUH...
NON, RIEN DU TOUT.
J'AI DESSOÛLÉ EN UNE FRACTION DE SECONDE.
UN PEU COMME SI JE M'ÉTAIS PRIS UN SEAU D'EAU FROIDE SUR LA TÊTE.
...
OUI.
JE NE L'AI PAS RÊVÉ.

POUR ÊTRE FRANC, ÇA M'A FAIT DE LA PEINE
QUE HAYASHIDA PENSE QUE SON HISTOIRE NE ME REGARDAIT PAS.
MAIS CE QUI M'A TOUCHÉ LE PLUS,

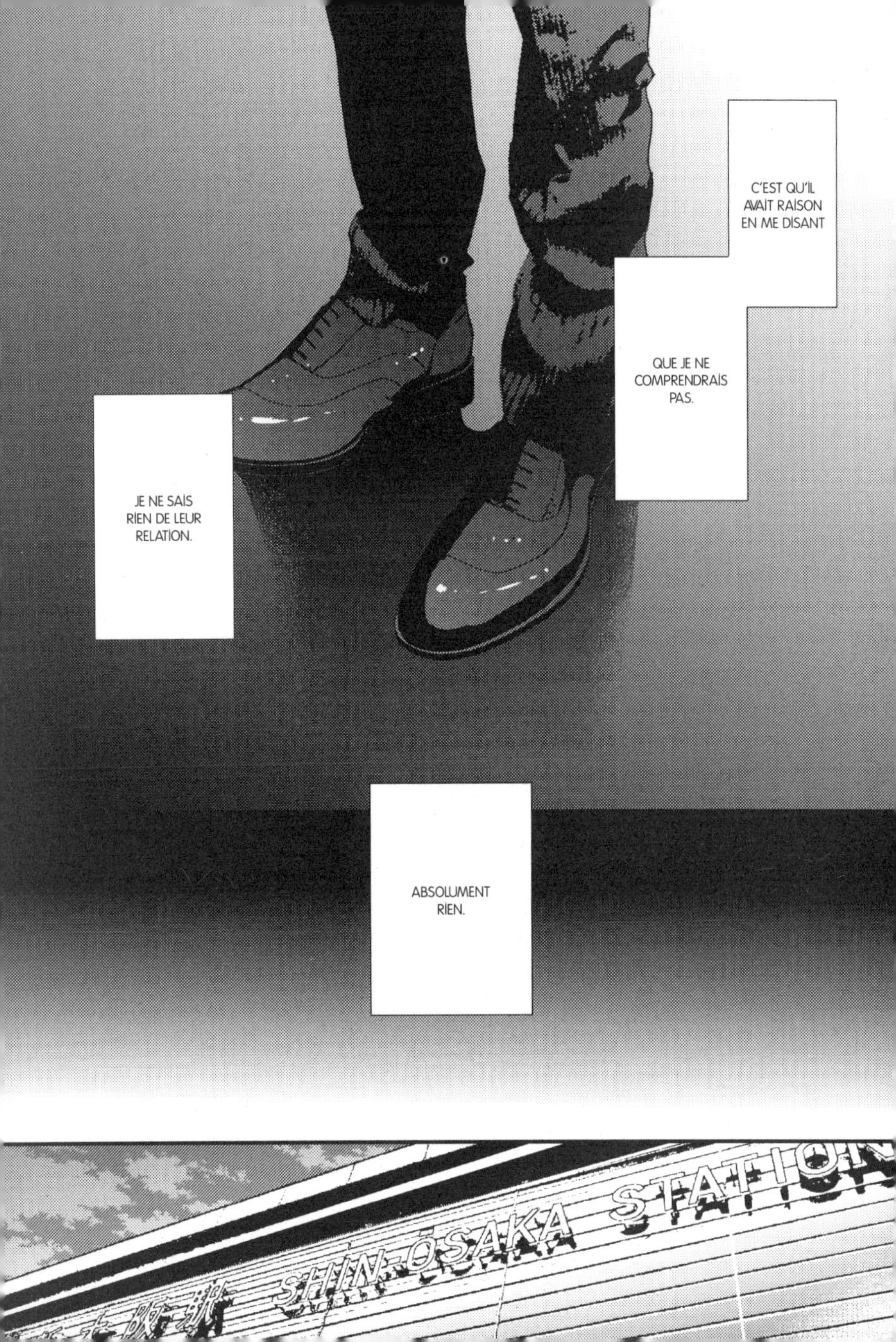
C'EST QU'IL AVAIT RAISON EN ME DISANT
QUE JE NE COMPRENDRAIS PAS.
JE NE SAIS RIEN DE LEUR RELATION.
ABSOLUMENT RIEN.
SHIN-OSAKA STATION

AAH, ÇA FAISAIT TROP LONG-TEMPS !
TANT QUE ÇA ?
BAH OUI.
T'AVAIS PAS D'AUTRES PROJETS, CE WEEK-END ?
NON, J'AI PRIS MES DEUX JOURS POUR TOI ♥
ON VA MANGER UN BOUT ? TU AS FAIM ?
OUAIS.
PARFAIT.
J'AI DÉJÀ RÉSERVÉ, DE TOUTE FAÇON. NE SUIS-JE PAS INFINIMENT PRÉVENANT ?
ÉVITE DE T'ENVOYER DES FLEURS.
豚野郎
EUH...

C'EST MOI OÙ C'EST CLAIREMENT PAS LA COULEUR D'UN RAMEN, ÇA ?
HA HA ! CE RESTO EST SUPER CONNU,
IL EST PLEIN TOUS LES JOURS !
SLURP
...
BOUEURGH !!
KEUF KEUF
AAAH, QU'EST-CE QUE...
ÇA ARRACHE !
...
TES CHEVEUX ONT PAS MAL POUSSÉ.
HEIN ?
AH, J'Y AI PAS TOUCHÉ DEPUIS UN BAIL.
FROTTE
MOI, J'Y VAIS AU MOINS UNE FOIS PAR MOIS,

MAIS JE ME DEMANDE SI ME RASER NE SERAIT PAS PLUS PRATIQUE.
RÉINITIA-LISATION DU CRÂNE.
VOILÀ !
ENFIN, JE VAIS PAS LE FAIRE, HEIN.
FLAP
ET POURQUOI ?
NON, IL Y A DES LIMITES, QUAND MÊME.
C'EST MOI OU CE RAMEN EST SANS FOND ?
J'AVOUE, ON N'EN VOIT PAS LA FIN.

BIP
BIP
BIP
HEIN ?
C'EST QUOI CES ÉMISSIONS ?
TU VEUX VOIR QUOI ?
HAA...
BIP
RIEN DE SPÉCIAL. C'EST MARRANT COMME C'EST DIFFÉRENT DE TOKYO, ICI.
ON DORT ?
JE COMMENCE À AVOIR SOMMEIL.
OK...
JE...
JE SAIS PAS SI JE POURRAI BANDER, CE SOIR.
T'ES CREVÉ À CE POINT ?
OUI.

FROTTE
SMACK
JE L'AIME.
QUOI QU'IL PUISSE ME DIRE, QUOI QU'IL AIT PU FAIRE,
BONNE NUIT.
JE L'AIME.
IL L'A SÛREMENT OUBLIÉ, MAIS...

LA PREMIÈRE FOIS QUE J'AI VU SES OREILLES ENCORE TROUÉES DEVENIR TOUTES ROUGES...
LA PREMIÈRE FOIS QU'IL M'A SOURI...
TOUS CES INSTANTS QUE JE SUIS LE SEUL À AVOIR VÉCU AVEC LUI...
LA SILHOUETTE DE SON DOS EST GRAVÉE DANS MES PUPILLES À JAMAIS.

SERRE
ぎゅ

SHÛNA !
OUI ?
HA HA HA
ON VA BOIRE UN COUP, CE SOIR ?
SI ON RETOURNE AU MÊME BAR, CE SERA SANS MOI.
HEIN ? POURQUOI ?
PARCE QUE VOUS BUVEZ TROP.
DIS PAS ÇA ! YUMI VOULAIT TE PARLER, EN PLUS !
DÉSOLÉ, MAIS ÇA NE VA PAS ÊTRE POSSIBLE.
J'AI AUTRE CHOSE DE PRÉVU. HA HA HA.
TSS...
UN VRAI GAMIN.

SHAAA
AH…
PAS DE VERRE ?
…
AH OUI…
C'EST MOI QUI L'AI CASSÉ.

POURQUOI TU NE VAS PAS LE TROUVER POUR AVOIR UNE CONVERSATION FRANCHE AVEC LUI ?
CE QUI M'A TOUJOURS EFFRAYÉ AVEC LA SOLITUDE, C'EST DE FAIRE À NOUVEAU...
MARCHE ARRIÈRE SANS LE VOULOIR.
J'AI TOUJOURS PENSÉ QUE LE MIEUX POUR UN TYPE COMME MOI,
CAPABLE DE FRAPPER CELUI QU'IL AIME ET DE RIRE ENSUITE COMME SI DE RIEN N'ÉTAIT,
C'ÉTAIT DE TOUT PERDRE.

C'EST SANS DOUTE POUR ÇA QUE J'AI BIEN VÉCU MON CÉLIBAT,
MAIS J'AI VOULU RELEVER LA TÊTE EN RENCONTRANT SHŪNA.
ALLER DE L'AVANT, NE PLUS RESTER SEUL.
CRIPS
CRIPS
JE NE VEUX PLUS REVENIR EN ARRIÈRE.
VIUS
EXTRA LIGHTS
3
JE... JE SAIS PAS SI JE POURRAI BANDER, CE SOIR.
CRIPS
TSS...
SEULEMENT,
CRIPS
J'AI EU TELLEMENT PEUR EN ME RENDANT COMPTE...

QU'IL M'ARRIVAIT PARFOIS DE VOULOIR LE FRAPPER LUI AUSSI.
JE SUIS INCAPABLE DE CHANGER. MÊME AVEC UN NOUVEAU JOB.
MÊME EN M'ÉLOIGNANT DE YUMI.
JE SUIS CONDAMNÉ À FAIRE SOUFFRIR CEUX QUE J'AIME... JE SUIS COMME ÇA.
SI JE L'AVAIS VRAIMENT COGNÉ À CE MOMENT,
ON SE SERAIT SÛREMENT SÉPARÉS APRÈS.
ET RIEN QUE D'Y PENSER...

...
OUI... ÇA...
ÇA ME TERRORISE À UN POINT.
HAA...

C'EST QUOI CETTE CHALEUR ? C'EST JUSTE PAS POSSIBLE !
TRANSPIRE
TRANSPIRE
TRANSPIRE
POURQUOI C'EST AUSSI CHAUD, KYOTO ?
C'EST LA MI-AOÛT.
IL FAIT CHAUD L'ÉTÉ ET FROID L'HIVER, ICI.
FLAP
FLAP
HAA…
ON NOUS LAISSE PARTIR, AUJOURD'HUI ! ON VA BOIRE ?
DÉSOLÉ, JE RENTRE.
FIOUH
SÉRIEUX ?!
ALLEZ QUOI !
AH…

ON EST DANS LE QUARTIER DU BAR DE YUMI.
HAA...
ÇA ME FAIT FAIRE UN DÉTOUR, MAIS JE PRÉFÈRE ÉVITER CE CHEMIN.
MINCE, JE CROIS QUE JE ME SUIS PAUMÉ...
HM ?

GLOUPS
HM ?
SHÛNA ? COMMENT ÇA VA ?
COURBETTE
...
HEIN ?!

JE RENTRE.
OK, À TOUT À L'HEURE.
EXACTEMENT CE QUE JE VOULAIS ÉVITER.
DÉSOLÉ DE T'AVOIR FAIT PERDRE TON TEMPS. TU VEUX ENTRER ?
LE BAR N'EST PAS ENCORE OUVERT, PAR CONTRE.
NON, C'EST BON, MERCI.
HM ? VRAIMENT ?
JE... JE SUIS VRAIMENT DÉSOLÉ DE VOUS AVOIR DÉRANGÉS.
C'EST RIEN ! C'ÉTAIT MON COPAIN.
PAS TRÈS SOURIANT, PAS VRAI ? HA HA HA.
HE HE
!
AH... HA HA...
IL ME DIT ÇA COMME SI DE RIEN N'ÉTAIT.

TU AS DÛ T'EN RENDRE COMPTE,
IL EST UN PEU BIZARRE.
J'AI RIEN PENSÉ DE TEL.
COMME MOI, D'AILLEURS.
Je peux fumer ?
IL... IL A JUSTE L'AIR UN PEU FROID.
Je t'en prie.
FROID ? HA HA HA !
MERCI.
JE CROIS QU'ON EST TOUS PLUS OU MOINS UN PEU BIZARRES, PAS VRAI ?
...
D'AILLEURS, TU M'AS PARLÉ DE MA JEUNESSE AU LYCÉE, L'AUTRE JOUR.
AH,
EUH... OUI...
TU SORS AVEC LUI ?

CO... COMMENT ?!!
AH, BINGO ♪
JE M'EN DOUTAIS, IL NE LAISSE JAMAIS PERSONNE ENTRER CHEZ LUI EN TEMPS NORMAL.
SON EX ET SON COPAIN ACTUEL QUI DISCUTENT TRANQUIL-LEMENT...
HA HA, JOLI TABLEAU.
...
ÇA A PAS L'AIR DE TROP LE TROUBLER !!
...
EXCUSE-MOI D'AVOIR RESSORTI CETTE HISTOIRE DE NULLE PART.
JE NE PENSAIS QU'À MOI EN TE POSANT CETTE QUESTION.

HA HA HA.
ÇA TE TRAVAILLAIT ? C'EST POUR ÇA QUE JE NE TE VOYAIS PLUS AU BAR ?
EUH...
NON... ENFIN...
TU N'AS PAS BESOIN DE TE TRACASSER POUR ÇA.
TU AS PRIS PEUR EN VOYANT MON DOS, PEUT-ÊTRE ?
HMPF..
MOI, JE N'ARRIVE PAS À L'APERCEVOIR.

...
AH,
DÉSOLÉ DE TE PARLER DE ÇA...
NON, C'EST MOI QUI M'EXCUSE...
À PART ÇA, J'IMAGINE QU'IL VA BIEN. ÇA ME RASSURE.
IL N'EST PAS TRÈS SOURIANT LUI NON PLUS, PAS VRAI ?
C'EST PEUT-ÊTRE ÇA, TON GENRE D'HOMME. HA HA.
COMMENT ?
AH, NON NON...
Je préfère les visages plus ronds.
HM ? TU ES HÉTÉRO, PEUT-ÊTRE ?
EUH...
J'AVOUE QUE SON REGARD FAIT UN PEU PEUR,

MAIS SON VISAGE CHANGE DU TOUT AU TOUT QUAND IL RIT.
D'ACCORD.

BON,
JE VAIS DEVOIR Y ALLER.
OK, À PLUS TARD.
...

THE MONSTER EXPOSED

OGERETSU TANAKA PRESENTS

THE MONSTER EXPOSED

OGERETSU TANAKA PRESENTS

YUMI.
YUMI, JE T'AIME.
ET TOI ?
MOI AUSSI...
MOI AUSSI,
JE T'AIME...
THE MONSTER EXPOSED
CHAPITRE 9

BIEN.
J'AIMAIS TELLEMENT CONTEMPLER SON SOURIRE.
IL ME PERMETTAIT D'OUBLIER TOUS MES PROBLÈMES.
MAIS J'AI QUASIMENT TOUT OUBLIÉ...
HORMIS SON REGARD FROID.

J'AURAIS TELLEMENT AIMÉ POUVOIR L'AIDER À REDEVENIR LE GARÇON QU'IL ÉTAIT AUTREFOIS.
J'ÉTAIS CERTAIN QU'IL REVIENDRAIT VERS MOI UN JOUR OU L'AUTRE AVEC UN PEU DE PATIENCE.
OUI.
JE NE FAISAIS SANS DOUTE QUE L'ATTENDRE,
RIEN DE PLUS.

IL ME PARLAIT DE L'AVENIR DE TEMPS EN TEMPS.
MOI, J'ESPÉRAIS JUSTE QU'IL ME SOURIE À NOUVEAU COMME AUTREFOIS.
NÉANMOINS, JE L'AIMAIS QUAND MÊME.
J'AURAIS TANT AIMÉ
POUVOIR RESTER À SES CÔTÉS.
MAIS SURTOUT, TOUT AU FOND DE MOI,
JE N'ARRIVAIS PAS À OUBLIER MAYAMA.

J'AURAIS PU PRENDRE UNE AUTRE VOIE, UN AUTRE CHEMIN.
AVEC LUI, J'AURAIS SANS DOUTE RÉUSSI À OUBLIER LE PASSÉ.
JE VOULAIS LE SUIVRE, MAIS NOS MAINS SE SONT LÂCHÉES.
OU PLUTÔT, C'EST MOI QUI AI LAISSÉ PARTIR LA SIENNE.
MALGRÉ ÇA...

MALGRÉ LES COUPS,
KAN...
MÊME SI JE NE LE CONSIDÉRAIS PLUS COMME MON PARTENAIRE,
J'AIMAIS PASSER DU TEMPS À SES CÔTÉS,
TOUT SIMPLEMENT.

JE SUIS SOULAGÉ AUJOURD'HUI...
DE SAVOIR QU'IL LUI ARRIVE DE RIRE.
OUI, CAR MOI,
JE NE SERAIS PLUS CAPABLE DE PROVOQUER ÇA CHEZ LUI.

JE SUIS HEUREUX POUR LUI.

PLIC
ON REVIENDRA ICI,
OK ?
EN SÉCHANT ENCORE LES COURS ?
OUAIS !

ON SE BAIGNERA, LA PROCHAINE FOIS.

DÉSOLÉ, TU M'AS ATTENDU ?
NON.
LE TRAIN A PRIS DU RETARD À CAUSE DES RAFALES DE VENT.
ON DIRAIT, OUAIS.
T'AS PENSÉ À LAVER MES FRINGUES ?
BIEN SÛR.
T'ES DU GENRE À LES ENTASSER SANS JAMAIS FAIRE DE LESSIVE.
JE PRÉFÈRE FAIRE ÇA D'UN COUP.
UN PRO-BLÈME ?
SINON, Y A RIEN À BOUFFER CHEZ MOI, J'AI FAIT QUELQUES COURSES.
DES GYÔZA...
DES GYÔZA ? T'AIMES ÇA ? T'AS DE QUOI FAIRE CUIRE DU RIZ ?

MARRANT, JE T'AI JAMAIS VU EN MANGER.
AH OUAIS ?
POURTANT, J'AI TOUJOURS AIMÉ ÇA.
AAAH, EN Y REPENSANT ...
SHÛNA, À TON TOUR.
OK. C'EST PLUTÔT BIEN RANGÉ, JE TROUVE !
TU ME GONFLES TELLEMENT AVEC LE MÉNAGE.
HA HA, PAS FAUX.

BON, JE VAIS PRENDRE MA DOUCHE.
OK.
PFIOUUH
EUH... JE...
QUOI ?
HUM...
NON, RIEN, C'EST BON.
CLAP
QU'EST-CE QU'IL A, ENCORE ?

GNTIC
ガチャ
J'AI FINI.
TU RÈGLES LA TEMPÉRATURE À 60 DEGRÉS ?
C'EST UNE VRAIE BOUILLOIRE.
ÇA VA, HEIN...
TAP
SHÛNA, J'AI UN TRUC À TE DIRE.
TAP
L'AMOUR À DISTANCE, ÇA COMMENCE À ME FATIGUER.

QUOI ?!
QU'EST-CE QUE TU SOUS-ENTENDS ?
ATTENDS, T'EMBALLE PAS.
J'AI PAS PARLÉ DE SE SÉPARER. C'EST JUSTE QUE...
QUE QUOI ?
JE SAIS PAS, Y A UN TRUC QUI ME CHIFFONNE.
...
ET JE...
GNAP
AAH !
GNTC

HM...
HM...
HAA...
HAA...
GNAP

CLAP

PARDON.
HAYA-SHIDA...
VHAM
ぱっ…
TU N'AS PAS BESOIN
DE TE FORCER.

SHÛNA, QU'EST-CE QUE TU AS À LA FIN ?
CE QUE J'AI ?
JE...

JE...
J'EN SAIS RIEN.
JE N'ARRIVE PAS À M'EMPÊCHER DE PENSER À TOI...
À LONGUEUR DE JOURNÉES...
ET JE NE SAIS PLUS QUOI FAIRE.
J'AI...

J'AI PEUR DE TE FAIRE MAL.
TU N'Y ES POUR RIEN, MA RAISON EST PUREMENT ÉGOÏSTE.
J'AI TELLEMENT PEUR DE DEVOIR TE QUITTER
SI JAMAIS JE TE FAISAIS SOUFFRIR.
ET ÇA NE CHANGERA SANS DOUTE JAMAIS.

HEIN ?
EXCUSE...
JE VAIS M'ACHETER DES CLOPES.
ATTENDS...
CLAP
...
ÇA NE CHANGERA...
SANS DOUTE JAMAIS ?

IL VEUT DIRE QU'IL PASSE TOUT SON TEMPS À ESSAYER DE SE CONTRÔLER...
POUR NE PAS ME FAIRE DE MAL ?
C'EST UNE BLAGUE ?
ET MERDE !
LUI NON PLUS,
IL NE COMPREND RIEN.
NI À CE QUE JE PEUX RESSENTIR NI À TOUT LE RESTE.
JE N'AI JAMAIS POURSUIVI QUELQU'UN DE TOUTE MA VIE COMME JE SUIS EN TRAIN DE LE FAIRE.
PERSONNE NE M'A FAIT TOURNER DANS LE CREUX DE SA MAIN COMME IL LE FAIT.

TOUT SERAIT TELLEMENT PARFAIT...
SANS TOI DANS MA VIE.
TOUT S'ÉCROULE AUTOUR DE MOI À CAUSE DE TOI...
ET TU N'EN AS ABSOLUMENT PAS CONSCIENCE.
ET POUR ÉVITER ÇA,
IL NE VEUT PAS REDEVENIR CELUI D'AUTREFOIS.
IL A JUSTE PEUR DE PERDRE CELUI QU'IL AIME.
LA SEULE CHOSE QU'IL TROUVE IMPORTANTE, C'EST DE NE PAS OUBLIER SON PASSÉ.

JE NE PEUX MALHEUREUSEMENT RIEN FAIRE POUR LUI.
CE N'EST PAS À MOI DE LUI FAIRE LA MOINDRE LEÇON, NI MÊME À YUMI.
IL EST LE SEUL À POUVOIR RÉGLER CE PROBLÈME.
OÙ IL EST ALLÉ ?

GNIIC ギ…
GNIIC ギィ…
GNIIC ギ…

ÇA NE SERAIT SANS DOUTE JAMAIS ARRIVÉ SI JE NE L'AVAIS PAS RENCONTRÉ.

JE SAIS QUE JE LUI AI FAIT DES CHOSES HORRIBLES.
POURQUOI JE NE VOULAIS PAS LE PERDRE, ALORS ? JE SUIS STUPIDE, C'EST ÇA ?
ALORS QUE C'EST MOI...
QUI AI LÂCHÉ SA MAIN...
MAIS AVEC SHŪNA.
HAYASHIDA !!

QU'EST-CE QUE TU FOUS ?!
!
SÉRIEUX, TU ÉTAIS LÀ TOUT CE TEMPS ?
...
QU'EST-CE QUE TU...
JE T'AI CHERCHÉ PARTOUT.
TU AVAIS BESOIN D'ALLER ACHETER TES CIGARETTES AUSSI LOIN ?

TU VAS ME FAIRE TOURNER EN BOURRIQUE...
ENCORE LONGTEMPS, HEIN ?
QUOI ?
JE N'ÉTAIS ENCORE JAMAIS
RENTRÉ CHEZ MOI SOUS LA PLUIE À CAUSE DE QUELQU'UN
ON NE M'AVAIT JAMAIS ORDONNÉ DE CHERCHER UNE BOUCLE D'OREILLE JETÉE PAR TERRE NON PLUS.
JE N'AVAIS JAMAIS COURU APRÈS QUELQU'UN COMME ÇA.
NON, JAMAIS, DE TOUTE MA VIE.

ET TOI,
TU NE COMPRENDS RIEN.
À TON AVIS, POURQUOI JE SUIS VENU JUSQU'ICI ?
...
POURQUOI ?

PARCE QUE JE T'AIME.

PARCE QUE J'AIME TOUT DE TOI.

PARDON DE T'AVOIR INQUIÉTÉ.
EN FAIT, J'AI RENCONTRÉ QUELQU'UN PAR HASARD, À OSAKA.
REN-CONTRÉ ? QUI ÇA ?
UN GARÇON... YUMI.
IL TRAVAILLE DANS UN BAR QUE FRÉQUENTE UN COLLÈGUE... PURE COÏNCIDENCE.
IL NE M'A RIEN DIT DE PARTICULIER.
JE NE SAIS PAS COMMENT VOUS EN ÊTES ARRIVÉS LÀ.
JE NE CONNAIS PAS VOS SENTIMENTS L'UN POUR L'AUTRE, AUJOURD'HUI.
TU M'AS AFFIRMÉ QUE JE N'AVAIS PAS BESOIN DE COMPRENDRE CE QUI S'ÉTAIT PASSÉ ENTRE VOUS ET J'AVOUE,
TU AVAIS SANS DOUTE RAISON.

JE VOULAIS ME CONVAINCRE QUE VOUS VOUS ÉTIEZ SÉPARÉS À CAUSE D'UNE BAGARRE,
MAIS IL Y A DES TRUCS POUR LESQUELS ON NE PEUT PAS SE MENTIR.
JE SAIS QUE ÇA NE SERT À RIEN DE ME PRENDRE LA TÊTE POUR ÇA. ÇA NE CHANGERA RIEN AU PASSÉ, DE TOUTE FAÇON.
MÊME SI JE TE RENCONTRAIS À L'ÉPOQUE OÙ TU SORTAIS AVEC LUI,
FRANCHEMENT, JE N'AI AUCUNE IDÉE DE CE QUE JE DEVRAIS TE DIRE OU FAIRE POUR TOI.
MAIS... JE...
SHÛNA ?

JE VEUX ÊTRE LÀ POUR TOI.

JE SAIS QUE JE NE SAIS RIEN ET QUE ÇA NE ME REGARDE PAS,
MAIS JE VEUX POUVOIR T'AIDER.
PARCE QUE JE T'AIME. ÇA NE TE SUFFIT PAS, COMME EXCUSE ?
SI.

AH...
HÉ HÉ
PARDON... ON EST DEHORS...
HA HA.
RENTRONS.

AH !
J'AI FAIM, ON S'ACHÈTE À BOIRE SUR LE CHEMIN ?
D'ACCORD.

JE CROIS QU'ON A PRIS
UN PEU TROP DE BOUTEILLES.
JE LES BOIRAI.
DEPUIS QUAND TU TIENS AUTANT L'ALCOOL ?
DIS,
SHÛNA...
HM ?
QUOI ?

PARDON DE T'AVOIR LAISSÉ DANS LE FLOU.
RIEN D'ÉTONNANT À CE QUE TU SOIS PERDU.
SHÛNA,
TU M'AS DIT L'AUTRE JOUR QUE JE N'AVAIS QU'À ALLER TROUVER YUMI, NON ?
JE LE CONNAIS BIEN. ON EST RESTÉS LONGTEMPS ENSEMBLE.
C'EST JUSTEMENT POUR ÇA
QUE JE PENSE QU'ON FERAIT MIEUX DE NE PAS SE REVOIR.
POURQUOI ?

ET CE N'EST PAS CE QUE TU VEUX ?
PARCE QUE SI ON PARLE ET QUE JE M'EXCUSE,
IL VA ME DIRE QUE TOUT EST OUBLIÉ ET QU'ON N'A QU'À REDEVENIR AMIS.
ÇA NE FERAIT QUE ME SOULAGER MOI.
JE SAIS, TU PENSES QUE JE DEVRAIS ESSAYER D'ALLER DE L'AVANT.
JE SUIS D'ACCORD AVEC TOI,
MAIS JE N'AI PAS L'INTENTION D'OUBLIER MON PASSÉ.

C'EST POUR ÇA...
QUE JE NE VEUX PAS RETIRER CETTE PHOTO DE MON MUR.
JE TIENS À LA LAISSER LÀ OÙ ELLE EST
POUR ME RAPPELER CE QUE JE LUI AI FAIT AUTREFOIS...

ET NE PAS OUBLIER QUE JE SUIS DEVENU CAPABLE
DE TOMBER AMOUREUX DE QUELQU'UN D'AUTRE.

JE...
SNIFF...
JE NE VEUX PAS QU'ON SE QUITTE.
JE VEUX QU'ON RESTE ENSEMBLE...
POUR TOUJOURS.

HA HA...
ÇA TE RESSEMBLE BIEN, TIENS.
GNAP
HEIN ?
TU NE VEUX PLUS DE MES BISOUS ?
ON EST DEHORS.
ET ALORS ? TOUT À L'HEURE AUSSI.

THE MONSTER EXPOSED

OGERETSU TANAKA PRESENTS

THE MONSTER EXPOSED

OGERETSU TANAKA PRESENTS

THE
MONSTER
EXPOSED
DERNIER
CHAPITRE

J'AI TROP DÉPENSÉ EN FRINGUES ...
TING
HM ? HAYASHIDA ? QU'EST-CE QU'IL A ?
HAYASHIDA
HAYASHIDA
J'EN AI ACHETÉ PLEIN AVEC DES GOÛTS BIZARRES.
POURQUOI TU M'AS ENVOYÉ QUASIMENT QUE DES DORAYAKI À LA PÂTE DE HARICOTS, LA DERNIÈRE FOIS ?
TU VOULAIS PAS QUE DES NORMAUX ?
MAIS NON, JE VOULAIS EN MANGER PLUS AU FROMAGE.

EN VRAI, TU CORRESPONDS VRAIMENT PAS À MES GOÛTS.
JE SUIS UN MEC, AUSSI.
PAS FAUX. PERSO, J'ADORE LES VISAGES RONDS.
J'AI UN FAIBLE POUR LES FILLES QUI S'HABILLENT BIEN, UN PEU CLASSES.
JE SORTAIS TOUJOURS AVEC CE GENRE DE NANAS.
DÉSOLÉ DE RÉPONDRE À AUCUN DE TES CRITÈRES.
NÉANMOINS, J'AI JAMAIS AUTANT AIMÉ QUELQU'UN COMME TOI.
COMME QUOI, LES GOÛTS, ÇA N'A VRAIMENT RIEN À VOIR AVEC LES SENTIMENTS.
SI...
SI TU LE DIS.

D'AILLEURS, NOTRE PREMIER SOIR,
SI C'EST MITA QUI T'AVAIT RACCOMPAGNÉ, TU AURAIS COUCHÉ AVEC LUI AUSSI ?
HEIN ?
BIEN SÛR QUE NON.
Ho hooo...
OK, DONC JE TE PLAISAIS DEPUIS LE DÉBUT, ON EST D'ACCORD ?
OUAIS.
ENFIN, TON VISAGE.
GAAANG
!!!
TU OUBLIES QUE JE SUIS TON SUPÉRIEUR AU BOULOT !
ET ALORS ?
JE SUIS CONTENT DE MON VISAGE.

HAA...
JEWELRY

す…ふ。

AH !
HEIN ?!

QU'EST-CE QUE TU FAIS LÀ ? TU ATTENDS QUELQU'UN ?
OUI, TOI.
C'EST WADA QUI M'A DIT QUE JE TROUVERAIS ICI, DÉSOLÉ.
EUH... NON NON.
JE VOULAIS ABSOLUMENT TE REMETTRE QUELQUE CHOSE.
FRRT
TIENS.
TU POURRAS LE DONNER À KAN ?
QUI ? MOI ?
JE SUIS DÉSOLÉ DE TE DEMANDER ÇA.
TU PEUX REGARDER À L'INTÉRIEUR, SI TU VEUX.
AH, EUH... D'ACCORD, JE LUI DONNERAI.
MERCI. AU REVOIR.

AH !
YUMI, ATTENDS !
JE...
PRENDS SOIN DE TOI.

OUI,
JE SUIS ARRIVÉ.
GARE DE TOKYO
AH.
C'EST QUOI TOUS CES PAQUETS ?
J'AI ACHETÉ DES VÊTEMENTS.
AH OUAIS ?
QUAND EST-CE QUE JE LUI DONNE LE SAC DE YUMI ?
HMMM...
SHÛNA.
OUI ?
FILE-MOI UN PAQUET À PORTER.
TU VEUX BIEN ? MERCI !

くしゃ
FROTTE
TES CHEVEUX ONT ENCORE POUSSÉ. ILS TE GÊNENT PAS ?
!
TAP
ぱっ
J'AI JUSTE OUBLIÉ D'ALLER CHEZ LE COIFFEUR.
HA HA, ROUGIS PAS COMME ÇA !
C'EST PARCE QUE TU ME TRIPOTES.
HEIN ? JUSTE POUR ÇA ?
TU DEVRAIS AVOIR L'HABITUDE, NON ?
ÇA VA, HEIN...
HA HA, T'ES MIGNON QUAND TU VEUX.
FERME-LA, UN PEU.

HEIN ?
AU GINGEMBRE... KEUF..
T'ARRIVES PAS À L'AVALER ?
C'EST FORT, COMME GOÛT.
MOI, J'AIME BIEN.
HAYASHIDA, AVANT DE TE RETROUVER,
J'AI CROISÉ YUMI SUR LA ROUTE.
IL M'A DONNÉ UN PAQUET...
...

À TON ATTENTION.
POURQUOI ?
J'EN SAIS RIEN.
J'AI PAS REGARDÉ CE QUE C'ÉTAIT.
...
JE L'OUVRE, D'ACCORD ?
AH.
UN ALBUM PHOTO.

HAYASHIDA ?
HMPF... ÇA NE M'ÉTONNE PAS DE LUI.
YUMI... COMMENT IL VA ?
YUMI ?
HM ?
IL ALLAIT BIEN ?
AH, OUI OUI. IL EST PATRON D'UN BAR.
IL EST PARTI TOUT SEUL POUR OSAKA ?

AH, EUH...
JE SAIS QU'IL FRÉQUENTE UN GARÇON.
QUELQU'UN QUI AVAIT L'AIR D'ÊTRE SUPER SÉRIEUX, DU GENRE CALME.
HMPF ...
JE VOIS.
TANT MIEUX, ALORS.

HEIN ? JE... JE N'AI RIEN FAIT.
JE T'AI JUSTE REMIS CE PAQUET, C'EST TOUT.
MERCI, SHÛNA.
MAIS NON, PAS POUR ÇA.
POUR QUOI, ALORS ?

HM ?
SHÛNA.
TU ES LE SEUL QUI COMPTE POUR MOI.
ET JE SUIS LE SEUL POUR TOI, NON ?

OUI,
BIEN SÛR, DEPUIS LE DÉBUT.
ET ÇA NE CHANGERA PAS.
FRRT
FRRT
JUSTE TOI.

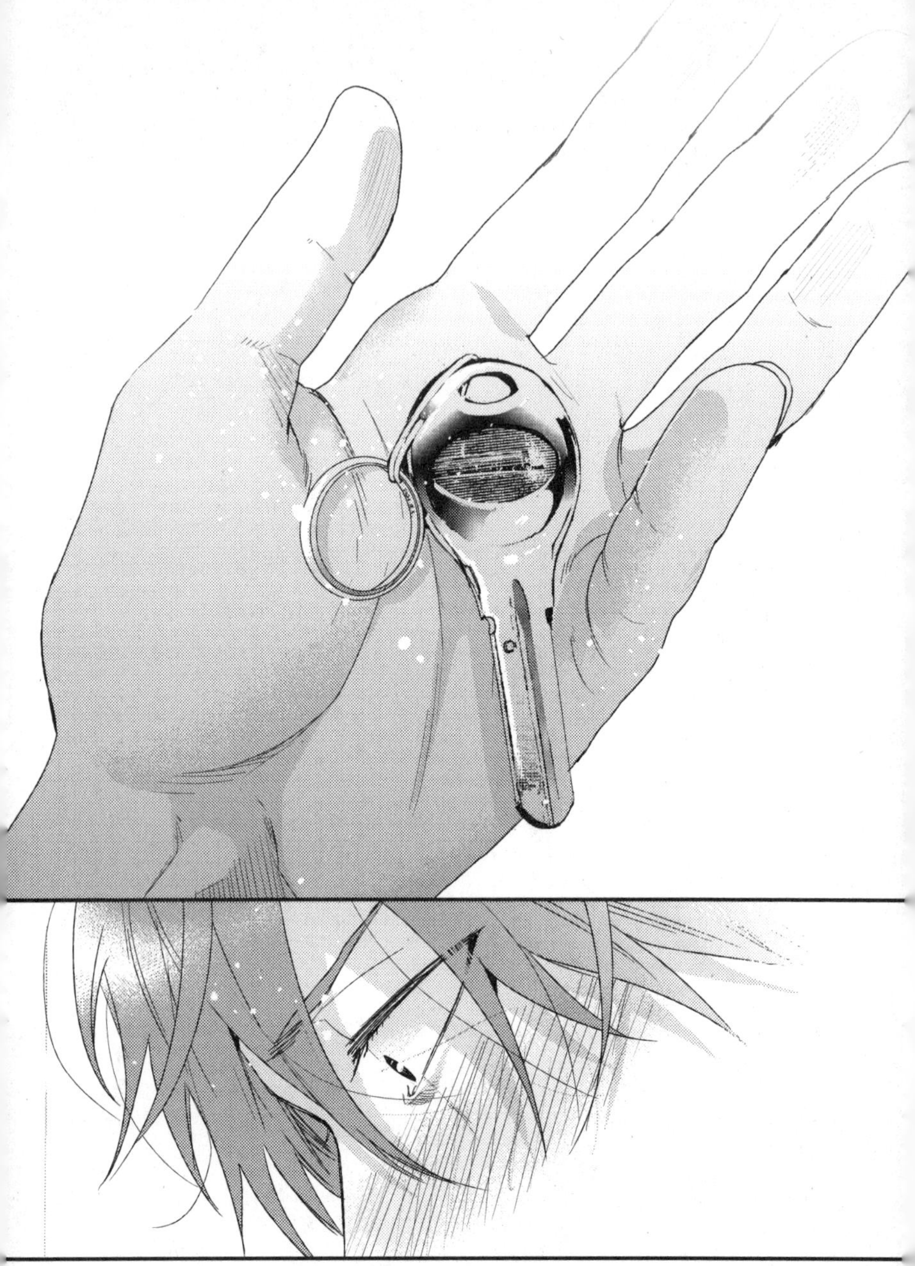

ELLE NE M'A PAS COÛTÉ TROP CHER, NE T'EN FAIS PAS.
JE TE L'OFFRE EN MÊME TEMPS QUE LA CLEF DE CHEZ MOI.
TU EN AURAS BESOIN AUSSI.
VAS-Y,
METS-LA-MOI.
AH, OUI OUI...

…
FIIIXE
じ
TU EN
PRENDRAS SOIN ?
ÉVIDEMMENT.

SMACK
HEIN ? POURQUOI SUR LE FRONT ET PAS SUR LA BOUCHE ?
AH.
...
HM...
HM ...
HM ...
HAA ...
HA.
HAA ...
HA ...
HAA ...
HM...
HM ...
HM ...

HA ...
HM ...
VACILLE
HAA ... HA ...
REGARDE.
HAA ...
BOBOM
...
BOBOM
HAA ...
SLURP
HM ... ♥
HIC
HA ...
HAA ...
SMACK
SMACK
HAA ...
HIC
ILS SONT TOUT DURS.
HA

TAIS-TOI UN PEU
ET MAGNE-TOI.
OUI OUI.
HA ...
TAP
HAA ...
TAP
HA ...
TAP
HA ...
TAP
HAAA ... HM ...
HAAA ... NON ...
JE... JE VAIS ...
AAH ... ♥
HIC
AAH ...
HIC
HAA ...
HAA ...
HAA ...
EXCUSE ...
JE PEUX... UNE FOIS ?

HAA...
ちゅ SMACK
SMACK ちゅく
HM...
HM... ♥
BLORTCH
BLOB ゴポ.
HMM... AA...
HAA...
HA...
HAA...
FROTTE スリ
HAA...
HAA...
HAA...
HAA...
HAA...
SHÛNA...
TU VAS TROP VITE.
OH NON, JE COMMENCE JUSTE.

HM ?
QU'EST-CE QUE TU FAIS ?
SCRATCH
SCRATCH
SCRATCH
LÈVE-TOI.
JE SUIS EN TRAIN DE FAIRE UN ALBUM.

DE QUOI ?!
FRRT ゴソ
FRRT ゴソ
COMMENCE PAR CELLES DU FOND.
J'ENLÈVE CELLES-LÀ ET TU LES REMPLACES.
QUOI ? EUH... OK.
SCRATCH ペリ.
SCHTAP ペタ.
SCHIP ペタ.
TIP ペタ
TIP ペタ...

ON SE BAIGNERA LA PROCHAINE FOIS.
DIS,
ON REVIENDRA ICI ?
BIEN SÛR !
L'ANNÉE PROCHAINE.

MERCI.
SCHTAP
ペタ

HAA...
QU'EST-CE QU'IL Y A ?
?
NON,
RIEN.

CLAP
...

THE MONSTER EXPOSED

OGERETSU TANAKA PRESENTS

THE MONSTER EXPOSED

OGERETSU TANAKA PRESENTS

TU SAIS QUOI ?
NET
J'AIMERAIS QUE TU ME DISES PLUS SOUVENT JE T'AIME !
THE MONSTER UNITED
HISTOIRE SUPPLÉMENTAIRE
IL TENTE.
PFOUHAA...
ÇA IRA, MERCI.
HEIN ?! ALLEZ ! JE TE LE DIS TOUT LE TEMPS !
LE MATIN
ÉPIS
JE T'AIME !
LE MIDI
FROTTE
JE T'AIME
LE SOIR
JE T'AIME.
ET ÇA CONTINUE ENCORE ET ENCORE
POUR MOI, T'AS UN PROBLÈME.
TU FERAIS MIEUX DE RÉFLÉCHIR UN PEU PLUS AU POIDS DES MOTS QUE TU UTILISES.
FRRT
À TROP LES RÉPÉTER, TU LEUR FAIS PERDRE LEUR VALEUR.
...
HM...

JE VEUX JUSTE QUE TU ME LE DISES AVEC CES JOLIES LÈVRES
...
FROTTE
D'AC-CORD ?
GNAP
AÏE !
INTERDIC-TION DE MORDRE !
GNIP
SLAC
SLURP
SLURP
HM ...
HIC
HM ...
HM ...
AH ...

HM...
GNIP
HIK
SLURP
SLURP
HIK
HA...
GNIP
HIK
HM...
MOUIM
SLURP
HM...
HAA...
MOUIM...
SLURP
MOUIM...
GOUIT
HIC
AH...
HAA...
FROTTE
HIC
SHÛNA...
FRANCHEMENT, QUEL PERVERS.
FRRT
GNAP
GOUIT
GOUIT
HM...
GNAP

JE T'AI...
FLOUH
À PEINE EFFLEURÉ ET REGARDE DANS QUEL ÉTAT T'ES.
...
HA...
LA FAUTE À QUI ?
HAA...
TIP
HM ?
BLUSH
À...
À TOUS LES DEUX.

SMACK
AH…
SMACK
HM…
HM…
SMACK
SLURP
HI…
SLURP
SLURP
AAAH…
HK
MOUM
HAA…
HAA…
HM…
SLURP
AH…
NON…
AAAH…
GNIP
SLURP
SLURP
AAH… AH…
MOUM
MOUM
TU ES TREMPÉ.
PLITCH
HK
BLORTCH
HK
AAH…
AAH…
PLITCH
PLITCH
PLITCH
HAYASHIDA… ALLEZ, DIS-MOI QUE TU M'AIMES.
AAH… HM…
HK
HK
HK
…!

TROP CRAQUANT.
ALLEZ, HAYASHIDA !
AH ...
FROTTE
FROTTE
FROTTE
NON...
TU ME FATIGUES ... AVEC TES DOIGTS ...
MAGNE-TOI UN PEU DE...
OOOH NON.
PAS TANT QUE TU NE M'AURAS PAS DIT QUE TU M'AIMES.
QUOI ? Q...
GOUIT
HIC
TAP
AAH ...
HM ...
HIC
MOUIM
AH !
BLORTCH
HIC
ALLEZ,
DÉPÊCHE-TOI !
AAAH !!
GNAP
AAH ! ♡
GOUIT
TCHOUP
TCHOUP
GNAP
GNIP
BRRRR
AH ...
GNIP
GNIP
BRRRR
HAA ... AAH ...
AH ... ♡
BLORTCH

AAH...
HAA...
HAA...
...
JE...
JE T'AIME.
!
BOBOM
IL L'A DIT !
JE T'AIME... OK ?
SCHTONG
ALLEZ... VITE...
TU VOIS QUAND TU VEUX ?
MOI AUSSI...
AÏE AÏE...
GNAP
HM...
DÉSOLÉ DE T'AVOIR FAIT ATTENDRE.
HIC
TIP
AH...

HM…
TAP TAP TAP TAP
AAH !
TRANSPIRE
HAA…
TRANSPIRE
AAH…
AH…
NON…
HIC
MOUM
TREMBLE
HIC
HII…
HIC
AAAH… JE… JE…
AI… JE T…
HA HA…
TU M'AIMES MOI OU CE QUE JE TE FAIS ?
AAAH !
HIC
SHUNA…
APRÈS.
HA HA, TU VOIS QU'AVEC UN PEU DE BONNE VOLONTÉ…
ET SANS LOTION, EN PLUS ! C'ÉTAIT UNE PREMIÈRE !
HÉ HÉ HÉ
FROTTE
JE…
JE TE HAIS.
Et je me hais aussi.
HAA…

■INQUIÉTUDES■

LE LENDEMAIN.
CLIP
!
FROTTE
LE MATIN ? HM ? C'EST FROID.
IL M'A HUMIDIFIÉ ?
...
ÇA VA MIEUX ?
BONJOUR.
AH... EUH...
T'AS PAS DORMI ?
T'ES MIGNON QUAND TU DORS LE NEZ BOUCHÉ.
OUI.
BLUSH
GRÂCE À TOI.
BON, JE VAIS PIONCER UN PEU, ALORS.
RÉVEILLE-MOI VERS MIDI.
D'ACCORD !
BOUAH...
MERCI !!
HM...
IL RÂLAIT, HIER SOIR,
MAIS IL A PASSÉ LA NUIT À ME VEILLER.
TROP MIGNON.
JE FAIS À MANGER !
RESTE COUCHÉ.

■RANDONNÉE EN MONTAGNE CONTRE JOURNÉE PÉPÈRE À LA MAISON■

■COMMISSIONS ENSEMBLE■

T'ES CON...
HOP LÀ
OU TU LE FAIS EXPRÈS ?
THE MONSTER UNTIED
SKETCHS
NON, JE NE SUIS PAS CON.
IL NE SAIT JAMAIS REFUSER MES AVANCES.
HEUM
MERCI DE T'INQUIÉTER POUR MOI.
SANS MOI.
POURQUOI ?!
JE L'AI GAGNÉ AU BINGO AU BAR !!
NON MERCI, ÇA IRA.
STRING
JE COMPRENDS,
MAIS JE VOUDRAIS JUSTE TE VOIR AVEC.
IL SUFFIT QUE JE LUI DEMANDE GENTIMENT.
...

DOOOON
HO HO, ÇA VA TROP BIEN AVEC TON REGARD DE TUEUR.
UN VRAI PERVERS !
C'EST TOI LE PERVERS.
JE PEUX TE PRENDRE EN PHOTO ?
PLUTÔT MOURIR !!
ALORS QUE SE FILMER, C'EST OK… MAIS J'AIME BIEN, BON STYLE.
ÇA T'AMUSE À CE POINT DE ME FORCER À PORTER ÇA ?
JE L'ENLÈVE.
HEIN ?!
ATTENDS, J'AI PAS ENCORE BIEN REGARDÉ !
METS TES MAINS SUR LE MUR ! ALLEZ !
« ALLEZ » ? COMMENT TU ME PARLES ?
Je suis pas bourré, je te signale.
S'IL TE PLAÎT QUOOOOI…

FIIIXE
SINON,
IL PARAÎT QUE TU T'ENTENDS PLUTÔT BIEN AVEC LE PETIT NOUVEAU, MATSUYAMA.
HEIN ?
C'EST QUOI CETTE RÉACTION, HUM ?
ON PARLE JUSTE POUR LE BOULOT,
C'EST TOUT. ET COMMENT TU SAIS ÇA, TOI ?
J'AI JUSTE APERÇU L'ÉCRAN DE SON PORTABLE SUR SA TABLE.
Matsuyama, un vrai membre de boys band.
Pas du tout le même genre que Shana.
Hello hello !
JE SAVAIS QUE TU AIMAIS LES BEAUX GOSSES.
C... C'EST PAS ÇA DU TOUT.
HUM
HUM
VIOUM
VIOUM
TU VEUX ALLER VOIR UN PEU AILLEURS, C'EST ÇA ?
JE NE SUIS PLUS ASSEZ SÉDUISANT POUR TOI ?
...
J'AI UN NOUVEAU VOISIN... ARRÊTE.
IL EST SUR LE POINT DE CÉDER, C'EST BON !!

TADAAAM
...
OOOOH !!
GOUIT
AH.
HO HO, TROP SEXY !
LÂCHE...
JE TE LE DONNE. TU LE METTRAS POUR ALLER AU BOULOT ?
AH !
TU M'EXPLIQUES L'INTÉRÊT ?
JUSTE POUR LE PLAISIR.
BON...
CLING
ガチャ
CLING
ガチャ
AH.
QU'EST-CE QUE TU FAIS ? ATTENDS !
GOUIT

JE VIENS DE TE DIRE QUE QUELQU'UN A EMMÉNAGÉ À CÔTÉ.
SI JAMAIS IL NOUS ENTEND...
TU T'EN FICHES, TU NE DIS BONJOUR À PERSONNE, DE TOUTE FAÇON.
C'EST PAS LE PROBLÈME !
ON N'A QU'À ALLER À L'HÔTEL.
MAINTENANT ?
SMACK
NE CRIE PAS, C'EST TOUT.
HM...
TCHOUP
SMACK
SMACK
ARRÊTE, JE TE DIS...
HAA...
HAA...
HM...
AH...
SMACK
SMACK
HAA...
HAA...
HAA
IL EST À MOI !!

HAYA-SHIDA ...
AH ...
HM ...
GOUIT
SMACK
CHUT, MOINS FORT.
HM ... ♥
SMACK
AAAAH...
DIS,
TU POURRAIS ESSAYER DE RÉSISTER UN PEU PLUS À MES AVANCES ?
RASSURE-MOI, TU NE DIS PAS OUI TOUT LE TEMPS À TOUT LE MONDE ?
BRILLE
LA FERME ET BARRE-TOI, MAINTENANT.
COMMENT TU ME PARLES ?!
* SE SONT FILMÉS.

FIN

ATTENTION !
Cette bande dessinée est publiée dans son sens de lecture original japonais, les bulles se lisant de droite à gauche.
Vous êtes donc ici à la FIN !

Hadakeru kaibutsu vol.2

Originally published in Japan in 2020 by SHINSHOKAN CO.,LTD., Tokyo
French translation rights arranged with SHINSHOKAN CO.,LTD., Tokyo.
through TOHAN CORPORATION, Tokyo.

Dépôt légal à parution
978-2-37506-270-8

Directeur de collection : Yves Huchez

Traduction : Nicolas Pujol
Correction : Fox, Tadpole & Bunny

Conception graphique : Jef.Mod
Adaptation graphique et lettrage : JF Leyssène

Imprimé par L.E.G.O S.p.A en Italie en avril 2021.